BIBLIOTHÈQUE
CHRÉTIENNE ET MORALE

APPROUVÉE

PAR Mgr L'EVÊQUE DE LIMOGES.

—

4ᵉ SÉRIE.

Tout exemplaire qui ne sera pas revêtu de
notre griffe sera réputé contrefait, et poursuivi
conformément aux lois.

AGNÈS

ou

LA PETITE JOUEUSE DE LUTH

AGNÈS

OU

LA PETITE JOUEUSE DE LUTH

DRAME EN CINQ ACTES.

Traduit de SCHMID.

LIMOGES

BARBOU FRÈRES, IMPRIMEURS-LIBRAIRES.

PERSONNAGES :

BENNO, vieil ermite.
ALBERT DE MONTAIGU, chevalier.
FÉLIX, son écuyer.
MATHILDE, dame noble, mais indigente.
AGNÈS, sa fille.
UN PAYSAN.
UNE PAYSANNE.
GEORGES
ROSE   } leurs enfants.
LISETTE
UN PETIT BERGER.
UNE PETITE BERGÈRE.

Les décorations des trois premiers actes représentent suc-
ssivement trois sites différents, dans un pays de montagnes.

ACTE I

Le théâtre représente un ermitage, bâti sur une montagne, au
milieu de buissons et de rochers. Une chapelle d'une archi-
tecture gothique, et dont le petit clocher est surmonté d'une
croix dorée, se fait apercevoir au fond. Recouverte d'ardoises,
et entourée d'un lierre verdoyant, la cellule de l'ermite est
bâtie dans le même goût que la chapelle : on voit tout auprès
un parterre émaillé de fleurs. A droite, sur l'avant-scène,
quelques arbres fruitiers, une table et quelques siéges. A
gauche, un arbre auquel pend une harpe. Il commence à faire
jour. Insensiblement la lumière devient plus vive. Quand on
lève la toile, l'orchestre continue de jouer, et fait entendre
les sons du chalumeau des bergers. Bientôt après la cloche de
la chapelle se met en mouvement, et mêle sa voix sonore à
la musique de l'orchestre.

SCÈNE I

BENNO, *l'ermite.*

(Après être sorti de la chapelle, il se met à genoux pendant
quelques instants ; puis il promène ses regards sur la contrée,
et chante l'hymne suivant) :

> L'Orient va s'ouvrir,
> Son front d'or se dévoile ;
> Mon œil a vu pâlir
> L'éclat de chaque étoile.

Le globe lumineux,
Sur la nature entière,
En lançant mille feux,
Commence sa carrière.

Le ruisseau serpentant
Avec un doux murmure
A son disque éclatant
S'embellit et s'épure.

Sous les ombrages frais,
L'oiseau, dans sa romance,
Célèbre les bienfaits
D'un Dieu plein de clémence.

En foulant le gazon,
Colin, sur sa musette,
Aux échos du vallon
Les mêmes sons répète.

Ah ! pourrais-tu, mon cœur,
Tenir d'autre langage ?
Tout chante le Seigneur,
Tout doit lui rendre hommage.

(Quand il a fini de chanter, il entend des pas d'homme, c
rentre dans sa cellule ; la musique ne discontinue point).

SCÈNE II

LE CHEVALIER ALBERT, UN PETIT BERGER.

LE PETIT BERGER.

(Il porte une houlette et un chapeau de paille; il va en avant).

Monsieur, c'est ici que demeure le père Benno?

ALBERT.

(Il est vêtu d'un riche costume de chevalier, mais sans cuirasse et sans casque : sa lance lui tient lieu de bâton de voyage; un glaive est suspendu à ses côtés, et son chapeau est orné d'un beau panache).

Ah! c'est donc ici? En vérité, notre anachorète a bien su choisir sa demeure. Quel magnifique coup d'œil! quelle agréable retraite! ces collines et ce vallon sont de toute magnificence. (*Il tire sa bourse.*) Je te remercie, jeune homme, de m'avoir guidé avec tant d'empressement; tiens, voici pour ta peine.

LE PETIT BERGER.

Comment; je prendrais de l'argent pour le léger service que j'ai pu vous rendre? Fi donc! ce ne serait pas beau. Mon père vous a bien reçu dans son châlet, sans vouloir accepter aucun paiement pour l'hospitalité qu'il vous a accordée.

ALBERT.

Prends cette pièce, te dis-je; tu me feras plaisir.

LE PETIT BERGER.

Que vois-je? de l'argent jaune? Je croyais qu'il n'y avait que de l'argent blanc et rouge.

ALBERT.

C'est que tu ne connais que les pièces d'argent et de cuivre : ceci est de l'or.

LE PETIT BERGER.

De l'or! permettez que je l'examine un peu. Quoi! c'est de ce petit objet qu'on fait tant de cas! J'avais bien entendu parler d'or, mais voici la première fois que j'en vois. Je m'en étais fait une tout autre idée. Reprenez-le; je n'y trouve rien de bien merveilleux.

ALBERT

C'est parce que tu ne le connais pas. Sache que ce petit objet a la plus grande valeur. Avec cette pièce d'or, on peut acheter facilement deux chèvres ou deux brebis.

LE PETIT BERGER

Vous voulez rire !. il faudrait avoir perdu la tête pour donner deux chèvres ou deux brebis en échange de cette petite pièce, qui ne vaut pas même ma houlette.

ALBERT.

Cependant les gens qui possèdent beaucoup d'or, passent pour être très-heureux. Avec de l'or, on peut tout avoir.

LE PETIT BERGER.

Je la prends, dans ce cas. Notre voisin est malade de chagrin. Il ne peut ni dormir ni manger ; il est toujours triste et abattu. Je cours lui porter cette pièce d'or ; il s'en achètera le sommeil, l'appétit et la gaieté.

ALBERT.

Ces choses ne sont pas de celles qu'on achète.

mon garçon ; mais il y en a uné infinité d'autres des plus utiles et des plus agréables qu'on peut se procurer avec de l'or.

LE PETIT BERGER.

Rien ne nous manque, à nous, gens des montagnes ; nous avons même beaucoup de jouissances dont nous pourrions nous passer au besoin. Notre petit champ de blé, notre prairie, notre jardin, nos troupeaux de brebis et notre forêt nous fournissent en abondance du pain, des fruits, des légumes, du miel, du lait, du chanvre, de la laine et du bois. Que nous faut-il de plus ?

ALBERT, à part.

Heureux mortels, qui ne connaissez pas même dé nom les besoins factices des habitants des villes, combien votre sort est digne d'envie ! L'âge d'oi existe réellement parmi vous. (Au petit berger.) Mon garçon, tes discours sont plus sages que tu ne penses. Petit berger, tu es un grand philosophe.

LE PETIT BERGER.

Monsieur, quelle bête me nommez-vous-là ? Je ne me soucie nullement que vous me disiez des injures.

ALBERT.

Ne te fâche pas, mon enfant ; le nom que je t'ai donné est honorable sous beaucoup de rapports. En me guidant jusqu'à cet ermitage, tu m'as rendu un grand service, et ton babil m'a fait un plaisir infini. Dis-moi maintenant comment je pourrais faire quelque chose qui te fût agréable.

LE PETIT BERGER.

Eh bien, savez-vous chanter ? J'aimerais mieux une chanson que votre pièce d'or.

ALBERT.

Oui, je sais chanter un peu ; mais je suis trop affligé et trop malheureux pour avoir envie de le faire.

LE PETIT BERGER.

Dans ce cas, à quoi vous sert votre or ? Il n'empêche pas l'infortune de vous atteindre. Non, non, je préfère mes chansons à votre or ; je chante toujours, moi, et je suis en même temps si content, si content, que je n'échangerais pas mon contentement contre tout l'or de la terre. Entendez plutôt.

(Il chante et gambade en même temps).

Dans la verte prairie
L'agneau, libre et content,
Sur l'herbette fleurie
Bondit à chaque instant.

Sur les pas de ma mère
Je suis non moins heureux ;
Sans craindre la vipère,
Je bondis tout joyeux.

L'agneau pour la verdure
Bêle chaque matin :
Pain bis, ou de mouture,
M'inspire un doux refrain.

ALBERT.

Bravo mon garçon, bravo ! Je suis ravi de ta voix et de tes chants. Maintenant va rejoindre mon domestique, qui m'attend auprès de ce rocher là-bas. J'ai besoin d'être seul avec l'ermite.

LE PETIT BERGER.

J'y vais, Monsieur ; mais ne restez pas trop long-temps ; l'impatience pourrait nous gagner, moi et mes moutons.

SCÈNE III

ALBERT.

Voilà un petit berger bien pétulant! Il ignore, il est vrai, les belles manières du grand monde, mais il a un jugement sain et un cœur excellent, ce qui vaut encore mieux. J'ai toujours comparé les manières distinguées sans un bon cœur à un faux diamant enchâssé dans de l'or.

SCÈNE IV

ALBERT, BENNO.

(Albert tire la sonnette de l'ermite. Benno ouvre la porte et sort de sa cellule).

BENNO.

Que Dieu vous bénisse, noble étranger! Quel

sujet vous améne chez moi de si bonne heure? En quoi le vieux Benno peut-il vous obliger?

ALBERT.

Mon père, je suis un malheureux qui cherche des consolations.

BENNO.

Alors, soyez le bienvenu : tous les malheureux sont mes frères. Je ferai tous mes efforts pour dissiper votre chagrin. En attendant, tout ce qui m'appartient est à votre service. Vous êtes sans doute fatigué de la montée. Eh bien ! asseyez-vous sur ce banc de mousse, auprès de ce cerisier. Vous avez enduré sans doute aussi la faim et la soif; je vais mettre à votre disposition toutes les provisions de ma cellule. Je reviens dans l'instant.

(Il rentre dans la cellule).

SCÈNE V

ALBERT.

L'aimable, le généreux vieillard ! combien il est au-dessus de ce que la renommée publie sur son

compte ! En vérité, je me crois ici chez moi, auprès
d'un frère ou d'un père.

(Il s'assied).

SCÈNE VI

ALBERT, BENNO.

BENNO.

(Il revient avec une cruche de grès, deux gobelets de
une petite miche et une corbeille remplie de fruits. Il pose tout
cela sur la table)

Prenez, noble chevalier, prenez : c'est tout ce que
j'ai à vous offrir dans ce moment ; mais on dit que
l'appétit est le meilleur des cuisiniers, et vous n'en
manquez pas, je pense.

ALBERT.

Ah ! bon père Benno ! je ne songe maintenant ni
au boire ni au manger. Je suis si affligé !...

BENNO.

C'est pour cela précisément qu'il faut boire. (*Il
verse.*) Le vin réjouit le cœur de l'homme. Ne re-

poussez pas les dons du ciel. Buvez d'abord, vous
ferez votre récit ensuite. A votre santé! vivent les
cœurs joyeux! Que Dieu console les mélancoliques,
afin que leur âme renaisse à la gaîté et au contentement! Trinquons

ALBERT.

Oui, que Dieu console les affligés, et qu'il écarte
des heureux les souffrances que j'endure!

BENNO.

C'est bien; cependant les souffrances ne sont pas
un aussi grand mal qu'on se l'imagine. Dieu est un
bon père : s'il nous envoie des adversités, soyons
sûrs que c'est pour notre salut. Elles affermissent
le juste dans la vertu, et fournissent au coupable
l'occasion de se corriger de ses défauts. Semblables,
d'ailleurs, aux phénomènes de la nature, nos souffrances ne durent qu'un instant. Le soleil ne nous
paraît pas toujours radieux ; les nuages et les ora-
ges, qui le cachent parfois à nos regards, sont aussi
des bienfaits pour la terre. Le beau temps et la pluie
ont concouru pour mûrir le vin généreux qui brille
dans cette coupe. Le bonheur et le malheur sont
également nécessaires pour produire les nobles ca-
ractères et les sentiments élevés... Je vois une
larme s'échapper de vos yeux. Je respecte votre
douleur, mais quel qu'en soit le motif, reprenez

courage. Le temps de la pluie, de l'orage et du ton-
nerre ne dure pas toujours ; la sérénité ne tardera
pas à briller pour vous du plus vif éclat.

ALBERT.

Oh ! non ; jamais, jamais pour moi.

BENNO

Pourquoi donc pas ? d'où vient ce découragement ? prenez exemple sur moi. J'ai été dans une
position plus désespérante que la vôtre, et, cependant je ne me suis pas laissé abattre par le chagrin.
J'étais autrefois un soldat intrépide, assistant à
maint combat, essuyant maintes fatigues, fréquen-
tant les châteaux ; enfin, goûtant les maux aussi
bien que les jouissances de la vie. Une maudite
flèche, en me fracassant le bras gauche, m'ôta les
moyens de rester dans la carrière militaire. Je ne
vous dirai point quel fut alors mon désespoir. Mais,
aujourd'hui je remercie Dieu bien plus des maux
qu'il m'a envoyés que des plaisirs qu'il m'a procu
rés ; la prospérité m'enivrait ; l'adversité seule pouvait me ramener à la sagesse et à la modération.

Je crus d'abord que je ne rirais plus jamais de
bon cœur, et qu'il n'y aurait plus pour moi sur la
terre ni joie, ni tranquillité. J'étais dégoûté de
tout. Je quittai le monde et me retirai au milieu de
ces rochers solitaires ; c'est ici, dans cette cellule

silencieuse que Dieu rendit à mon âme le calme
et le repos dont elle avait tant de besoins. Vous le
voyez; grâce à sa providence, tout, ici-bas, a un
dénouement heureux; ouvrez donc votre cœur à
l'espérance, et consolez-vous comme moi.

ALBERT.

Mon bon père, je ne puis croire que vos souffrances aient égalé les miennes. Je vais tout vous raconter : vous jugerez.

BENNO.

Parlez; je vous prête toute mon attention.

ALBERT.

Je suis le chevalier Albert de Montaigu, fils unique de Conrad de Montaigu.

BENNO, *étonné et lui serrant la main:*

Quoi ! vous êtes le fils du feu comte de Montaigu ?
soyez alors mille fois le bien venu ! votre père était
un noble et vaillant chevalier; je l'ai bien connu;
j'ai servi jadis sous ses ordres. Son château s'élevait majestueusement sur la cîme d'une montagne
boisée, comme la couronne sur la tête d'un roi.
Tous les environs, champs, forêts et prairies, que
la vue pouvait embrasser du point le plus élevé du

château, dépendaient de son domaine. Tous les habitants de la vallée étaient ses vassaux. Votre mère, que Dieu l'ait en sa sainte garde! était une dame accomplie, animée d'une véritable piété. Vous aussi, cher Albert, je vous ai vu plusieurs fois, quand vous n'étiez encore qu'un enfant, tout brillant de fraîcheur et de santé. Vous n'aviez alors que six ans, et je doute fort que vous m'ayez remarqué dans la foule des hommes d'armes de votre père. Pour moi, je me rappelle encore les cris d'enthousiasme avec lesquels nous avions coutume de vous saluer, lorsqu'au retour d'une de nos glorieuses expéditions, nous vous apercevions descendre dans la cour et vous mêler dans nos rangs. Mon Dieu! comme le temps passe vite! vous n'étiez qu'un faible enfant, alors, et, maintenant vous êtes un homme dans toute la vigueur de l'âge. Oh! comment vous exprimer la joie que j'éprouve, à la fin de mes jours, de revoir en vous, mon cher Albert, le fils de celui qui nous a menés tant de fois aux combats et à la gloire!

ALBERT.

Je ne me souviens pas, en effet, de vous avoir jamais vu; mais je suis enchanté de rencontrer ici, d'une manière aussi miraculeuse, un des braves compagnons d'armes de mon père. C'est ce qui m'encourage à vous raconter mes infortunes.

BENNO.

Continuez; j'ai hâte de les entendre.

ALBERT.

Après la mort prématurée de mes parents, le chevalier Arthur d'Apremont, ami d'enfance de mon père, me fit venir dans son château, éloigné de trente lieues de celui qui m'avait vu naître. Là, il prit les plus grands soins de mon éducation, et, plus tard, il me donna en mariage sa fille Théolinde, qui était d'une rare beauté. Non, j'essaierais en vain de vous dépeindre sa bonté, sa modestie, son affabilité et sa douceur. Je revins habiter avec elle le château de Montaigu, où elle donna bientôt le jour à ma petite Adeline, qui surpassait en beauté tous les enfants que j'avais vus jusqu'alors. Déjà ses yeux me reconnaissaient; déjà elle me tendait les bras en souriant; déjà elle commençait à bégayer les noms de papa et de maman, lorsque soudain la guerre éclata. Il fallut partir. Nos adieux furent déchirants; ma fille, il est vrai, ne comprenait rien à ce qui se passait devant elle, mais sa mère, ma tendre épouse, tomba évanouie dans mes bras.

BENNO.

Séparation douloureuse! moi-même, hélas! j'en ai éprouvé une semblable.—Mais, continuez.

ALBERT.

La guerre tourna mal contre nous, et la supério-
rité du nombre nous accabla. Bientôt nous vîmes
l'ennemi inonder nos campagnes, saccager nos
châteaux, et ravager nos villes et nos villages par
le fer et le feu. Les nouvelles que nous recevions
tous les jours de notre chère patrie étaient des
plus funestes. Je tremblai pour le sort de ma
femme et de mon enfant. Ne pouvant quitter mon
poste, j'envoyai un de mes plus fidèles écuyers, déguisé en pèlerin, au château de Montaigu, pour
voir ce qui s'y passait. J'ai attendu longtemps son
retour avec anxiété, mais il ne revint pas; j'ignore
même ce qu'il est devenu. Voyez dans quelle mal-
heureuse situation je me trouvais : tout le jour,
nous nous mesurions avec l'ennemi, et, la nuit, la
peine et les tourments de l'inquiétude m'empê-
chaient de fermer les yeux.

BENNO.

Vous vous alarmiez sans raison, mon cher Albert ! En quoi vos soucis pouvaient-ils améliorer
votre position? Et moi aussi, j'ai été souvent in-
quiet sur le sort de mes parents; mais alors, dans
mes prières, je les recommandais avec ferveur à
notre Sauveur, qui veille sur tous les hommes, et
qui, sans doute, avait pour les auteurs de mes jours,

plus d'amour que moi-même; après cela, un sommeil plus doux s'emparait de mes sens. Faites comme moi ; comptez sur l'amour de l'Éternel, et vous aurez un sommeil doux et paisible.

ALBERT.

Enfin la paix fut conclue et je retournai dans mes foyers. Mais, quel affreux spectacle se présenta à mes regards ! la ville, ainsi que les campagnes, n'offraient partout que les images de la destruction et de la mort. Mes donjons, le château paternel, le village situé dans le vallon, avaient été la proie des flammes. Quand ils me virent arriver, les malheureux paysans, qui avaient remplacé par de misérables huttes de sapin leurs maisons réduites en cendres, poussèrent en même temps des cris de joie et de douleur. Ce furent eux qui m'apprirent la triste nouvelle de la mort de ma fille et de mon épouse chéries. La bonne dame, disaient-ils les larmes aux yeux, craignant de tomber entre les mains de l'ennemi, a voulu traverser, pendant la nuit, le torrent qui baigne les murs du château ; mais elle aura péri dans les flots, sans doute. Le lendemain, on a trouvé la petite barque renversée, et un voile noir accroché aux ronces du rivage. O mon cher Benno ! j'avais le cœur brisé lorsque je gravis à cheval la montagne sur laquelle s'élevait le château. Des larmes brûlantes sillonnaient mes joues pendant que j'errais au milieu de ces décombres, pendant que je parcourais ces lieux témoins des jeux de mon enfance, et où j'avais goûté tant de félicités comme époux et comme père. Hélas ! ces ruines immenses étaient l'image de mon bonheur anéanti ! je passai toute la nuit assis sur un fragment de colonne, et, appuyant ma tête appesantie contre un pan de muraille encore noircie par le feu de l'ennemi. Longtemps j'appelai le sommeil à mon secours, mais il ne vint point fermer ma paupière. Mes regards se fixèrent mille fois sur le ciel, chargé de sombres nuages. Je me trouvais assis à l'endroit où était auparavant notre appartement principal, appartement où entrait seulement Théolinde avec quelques amis braves et fidèles. Dans ce moment, la pluie tombait sur moi par torrent, et le vent en fureur sifflait dans ces murs à moitié détruits. Hélas ! il me fut impossible de trouver un seul coin où je fusse à l'abri de la tempête. Aujourd'hui cependant, mon château est rebâti plus beau que jamais ; les maisons de nos bons paysans ont été relevées comme par enchantement. Seul mon bonheur détruit ne saurait plus renaître !

BENNO.

Est-ce là tout ce que vous avez à me raconter ?

ALBERT.

C'est tout ; n'est-ce donc pas assez ?

BENNO, *se levant.*

Mon fils, tes malheurs ne sont pas aussi grands que tu le crois. C'est bien ; tes mains n'ont point trempé dans le crime ; tu n'es pas la cause de ton infortune. Reprends courage ; rien, excepté le crime, ne doit nous abattre. J'en conviens, la perte d'une épouse adorée, d'une fille charmante, doit être bien sensible à un cœur aimant. Je te dirai un seul mot pour te consoler : ton épouse et ton enfant vivent, mais loin d'ici, dans un pays plus rapproché du soleil, où brillent des fleurs plus belles, où mûrissent des fruits plus doux, où règne un printemps éternel, où jamais de sombres nuages, de furieuses tempêtes n'obscurcissent la clarté du ciel. Eh bien ! n'es-tu pas content ?

ALBERT.

Je le serais, si elles vivaient, si je pouvais aller les retrouver ; mais elles sont mortes !

BENNO.

Non, elles vivent ; le bonheur est leur partage ; tu les reverras ; pour aller jusqu'à elles, il n'y a à faire qu'un petit chemin.

ALBERT.

Je ne vous comprends pas, mon cher Benno ! de quel pays parlez-vous ? quel chemin y conduit ? Expliquez-vous, je vous en supplie.

BENNO.

Cher Albert, ô mon fils ! le pays dont je parle est là-haut, et le petit chemin est celui que chacun de nous fait ici-bas. Si ta Théolinde est réellement morte, ce qui est douteux, elle vit du moins là-haut. C'est là que tu la reverras plus belle, plus radieuse qu'au jour de ses noces. Là, elle te recevra dans ses bras, et te présentera ton petit ange. Plus de séparation ! plus d'ennemi ! plus de mort ! Viens dans mes bras, Albert; lève tes yeux vers ce beau ciel d'azur où brille le soleil, où étincellent de nuit des millions d'étoiles. Un spectacle si ravissant ne soulage-t-il point l'amertume de ton cœur ?

ALBERT.

Excellent vieillard ! comment t'exprimer les sentiments que j'éprouve dans tes bras ! tu touches, tu réchauffes mon cœur ! Bénie soit l'heure où j'ai pris la résolution de venir te trouver ! tu m'as bien consolé ! reçois mes sincères remercîments.

BENNO, *les mains jointes et regardant le ciel.*

Mon fils, toute consolation vient de Dieu. C'est donc Dieu, et non pas moi, qu'il faut remercier.

ALBERT.

Oui, tu dis vrai. J'ai passé la nuit dernière dans le plus affreux désespoir ; j'ai imploré l'assistance divine. Soudain, l'idée de venir te trouver s'empare de moi. J'arrive ici, et toi, mon bon génie, tu calmes ma douleur. Je voudrais passer quelques jours auprès de toi ; me le permettras-tu, mon père ?

BENNO.

Mon fils, tu ne saurais me faire un plus grand plaisir. Dispose en maître de tout ce qui est dans ma cellule. Il est vrai qu'elle n'est pas trop bien fournie. Je vais me rendre à l'instant dans une ferme qui est située à une lieue d'ici, afin d'y faire des provisions pour le temps de ton séjour. Tu dois être las ; tu te reposeras, en attendant. J'aime à croire que tu ne t'ennuieras point. Ce point de vue, qui est des plus pittoresques, charmera tes regards : tu pourras visiter les fleurs de mon jardin, ou parcourir le peu de livres qui composent ma bibliothèque. Voilà encore une harpe suspendue à cet arbre...

ALBERT, *interrompant.*

Une harpe! Qu'il y a longtemps que je n'ai entendu les sons ravissants de cet instrument! je ne sais pas, il est vrai, m'en servir; mais ma pauvre Théolinde en jouait admirablement, en s'accompagnant de sa voix mélodieuse. Tout ici la rappelle à mon souvenir : cette harpe, ce jardin. Elle aimait les fleurs avec passion. Un jour (c'était avant notre mariage), je lui présentai un bouquet de violettes, de pensées et de muguets, ses fleurs favorites. Dans la soirée du même jour, elle me chanta, à ce sujet, une romance de sa composition: « Tiens, » me dit-elle avec un charmant sourire, « j'ai porté sur mon sein le bouquet que tu m'as donné ce matin, mais il est déjà presque fané. Je vais t'offrir, à mon tour, un bouquet dont l'éclat durera plus longtemps. Grave-le sur ton cœur; les fleurs de la chanson brilleront plus d'un matin encore, et peut-être nous suivront-elles. » Paroles, hélas! trop prophétiques! ma Théolinde elle-même, la plus belle de toutes les fleurs, a été impitoyablement moissonnée par la mort. La fleur du plaisir n'existe plus pour moi; mon âme elle-même sera bientôt flétrie. Je ne me souviens plus quelquefois si j'ai eu une épouse; l'anneau nuptial, je l'ai perdu, je ne sais comment; cette romance seule m'est restée. C'est la seule que j'aime à chanter quand je suis triste et mélancolique.

BENNO.

ous piquez ma curiosité. Seriez-vous assez aimable pour me la chanter. Je regrette de ne pouvoir
vous accompagner avec la harpe ; je souffre aujour-
d'hui de mon bras plus qu'à l'ordinaire.

ALBERT.

Mon écuyer, que vous apercevez là-bas, nous
tirera d'embarras ; il s'accompagne assez bien de
la harpe. Eh ! Félix, arrive ici !

SCÈNE VII

LES PRÉCÉDENTS, L'ECUYER, LE PETIT BERGER.

ALBERT.

Félix, accompagne-moi avec la harpe de ce bon
ermite. Tu sais l'air de la romance que je vais chanter, c'est celui que tu préfères à tous les autres

L'ÉCUYER.

Dieu !

BENNO.

Cher Félix, buvez auparavant un verre de vin.

L'ÉCUYER.

Je ne me ferai pas prier.

(Il vide le verre d'un trait).

ALBERT, *à Félix.*

Il paraît que tu ne trouves pas ce vin mauvais.

L'ÉCUYER.

Comment donc ? il est excellent.

(Il prend la harpe, s'assied sous l'arbre, et commence à prélu-
der).

LE PETIT BERGER, *considérant la harpe avec étonne-
ment.*

Dieu ! que c'est beau ! quels doux sons !

(Albert chante. Tous répètent en chœur les deux dernier
vers de chaque strophe).

Combien j'aime de la prairie
Trois fleurs aux suaves parfums !

Enchantant par leur modestie,
Elles ont des trésors communs.
Doux jouets d'une main divine,
L'abeille ne les fuit jamais ;
Et la jeunesse les destine
A ses guirlandes, ses bouquets.

Le blanc muguet, de l'innocence
Retrace à nos yeux la couleur ;
De sa clochette, qui s'élance,
Il encense le Créateur.
Au printemps, il semble nous d.. :
Mortels, soyez purs comme moi ;
Dieu n'ouvre son céleste empire
Qu'à ceux qui sont remplis de foi.

De la pudique violette
Qui n'aime le brillant azur ?
Imitez sa grâce discrète,
Et votre cœur restera pur.
Symbole de la bienfaisance
Qui sait, sans bruit, sécher les pleurs.
L'écho redit : « Dans le silence,
Un doux parfum trahit ses fleurs. »

Quand les perles de la rosée
Brillent comme un écrin charmant,
On voit la céleste-pensée
Sourire aux feux du firmament :
Du sentiment elle est l'emblême,
Et s'épanouit tout l'été ;
L'amitié la cueille elle-même,
Et s'en couronne avec fierté.

Reçois des mains de ton épouse,
Reçois ces trois aimables fleurs ;
Elles ornèrent la pelouse
De leurs ravissantes couleurs.
Des vertus elles sont l'image,
Et craignent même le zéphyr ;
Pour t'en faire un parfait hommage
Ma main seule a dû les cueillir.

(Le rideau tombe pendant que l'on répète les deux derniers vers).

ACTE II

Le théâtre représente une partie sauvage de la montagne. Dans
un vallon étroit sont, à droite et à gauche, deux rochers élevés, au milieu desquels on aperçoit une cabane formée de
poutres et de planches informes, et recouverte de feuilles et
d'écorces d'arbres. Au fond, sur un bloc de rocher, on voit une
petite et vieille croix de pierre. Le tout forme un ensemble
sombre et mélancolique.

SCÈNE I

MATHILDE.

(Elle sort de la cabane avec une corbeille ; elle porte un voile
noir qu'elle vient de relever. Ses traits portent l'empreinte de
la tristesse et de la pâleur).

Dieu de bonté ! depuis long-temps mes yeux n'ont
point contemplé l'azur de ta céleste demeure !

depuis long-temps , les rameaux fleurissants des pommiers et des cerisiers, ne m'ont apparu qu'à travers les petites fenêtres de ma cabane ! Une maladie cruelle m'a retenu plusieurs mois au lit. Quel plaisir j'éprouve aujourd'hui, de pouvoir respirer la fraîcheur de cet air embaumé ! que je te remercie, de m'avoir rendu la santé ! je suis encore bien faible pourtant. (*Elle s'assied sur un rocher et fait quelques points.*) Mes yeux se troublent, ma main tremble, je ne puis plus faire un seul point. (*Elle prend un peu de repos.*) Il le faut cependant ! nous n'avons plus de pain ; nous avons mangé ier notre dernier morceau. Je sens qu'un petit rafraîchissement me ferait beaucoup de bien. (*Elle coud, puis se lève subitement.*) Non, cela ne va pas ! Que faire ? Comment me nourrir avec ma fille ? Ah ! nous mourrons de faim dans ce désert ! (*Elle regarde le ciel, les mains jointes.*) Mon Dieu ! est-il vrai que tu nous a délaissés, que tu ne songes plus à nous ? Ranime, au moins, ranime notre espoir, si tu ne veux pas nous secourir. (*Elle se rassied, et appuie sa tête sur sa main.*) Hélas ! je me sens mal , un poids énorme, que j'ai sur le cœur, me suffoque.

SCÈNE II

MATHILDE, AGNÈS.

AGNÈS, *revenant avec une corbeille.*

Chère maman ! je reviens la corbeille vide !
Personne ne m'a assisté d'un seul morceau de pain.
Depuis la mort du bon Jacob, qui nous aimait tant,
qui nous donnait tant de provisions, les personnes
auxquelles il nous avait recommandées, ont bien
changé à notre égard. « Nous sommes nous-mêmes,
ont-elles dit, dans la plus grande misère. Nos vivres
ne nous suffisent plus. » Cependant j'ai cueilli
quelques fraises pour toi. Mais, hélas ! c'est si peu
de chose !...

MATHILDE.

Ce n'en est pas moins un petit rafraîchissement,
et nous devons rendre grâces à Dieu.

AGNÈS, *regardant sa mère.*

Bonne maman ! tu as pleuré de nouveau. Oh ! je t'en prie, ne pleure plus ! ça me fait trop de peine.

MATHILDE.

Ne te chagrine pas, ma bonne fille ! regarde moi ; tu vois bien que je souris.

AGNÈS.

Tu souris, mais pas de bon cœur. Tu es bien pâle ! Je crains que tu ne redeviennes malade. Ne te laisse pas abattre par la douleur ; je sais que le chagrin me tuerait moi-même.

MATHILDE, *mangeant quelques fraises.*

Dieu soit béni ! je vais un peu mieux. Tiens, mange le reste.

AGNÈS.

Non, je n'en prendrai pas une seule ; c'est pour toi que je les ai cueillies. Je n'ai pas faim, et si j'avais faim, ma tristesse m'empêcherait de manger.

MATHILDE.

Il y a dans la cabane quelques vêtements qui ont
besoin de réparation ; va les chercher.

AGNÈS.

J'y cours.

SCÈNE III

MATHILDE.

La bonne fille ! j'ai bien fait de l'éloigner pour
qu'elle ne vît point tomber mes larmes, que je ne
puis retenir plus long-temps. Que je suis malheu-
reuse ! moi, la femme d'un gentilhomme, je suis
obligée de mendier le pain du pauvre ! que dis-je ?
je ne puis plus mendier; la source des aumônes
paraît tarie dans ces montagnes. Je ne saurais y
demeurer plus longtemps. Je dois sortir de cet
asile qui me dérobait aux recherches de mes ennemis. Protége-moi, Dieu de bonté ! Ne permets pas
que je tombe entre leurs mains !

SCÈNE IV

MATHILDE, AGNES.

(Agnès revient avec un petit paquet et un luth).

MATHILDE.

Comment ! déjà ?

AGNÈS.

Je me suis bien dépêchée ; j'ai peur dans notre cabane quand tu n'y es pas.

MATHILDE.

Hélas ! ma chère enfant, nous devons la quitter, si nous ne voulons pas mourir de faim. Allons chercher quelque canton plus riche et plus hospitalier. *(Elle se met à genoux.)* Et toi, Dieu de clémence et de bonté, ne nous retire point ta divine protection ! continue de veiller sur nous, et fais-nous trouver des hommes qui aient encore du pain, et dont le cœur soit ouvert à la pitié! (*Elle se relève.*) Donne moi ta main ; je veux essayer de marcher en m'appuyant sur toi. (*Elle fait quelques pas, puis tombe épuisée.*)

AGNÈS, *poussant un cri de douleur.*

Ah ! mon Dieu ! ma mère ! Doux Jésus, aie pitié de nous !

MATHILDE.

(Elle se ranime; elle ne se contraint plus, et ses larmes coulent abondamment).

Chère Agnès, unis tes prières aux miennes; invoquons ensemble notre Sauveur:-mettons en lui toute notre confiance : le découragement serait un crime sans doute.

(Elle appuie sa tête contre un rocher).

AGNÈS.

Hélas ! ici, pas une personne qui puisse venir à notre secours !

(Elle s'agenouille et regarde le ciel. Ici, une voix mélodieuse fait entendre au loin les paroles suivantes)

Dis-moi la cause de tes larmes ;
Quels chagrins ont pâli tes traits ?
Au sein des plus vives alarmes
Dieu peut répandre ses bienfaits.

AGNÈS.

Écoutons, ma mère ! Que c'est beau !

MATHILDE.

C'est Dieu qui nous envoie ces consolations.

(La voix se rapproche et chante le couplet suivant) :

Contemple la fleur printanière,
Ornement de nos gais vallons ;
Dieu sait, sur sa tige légère,
La garantir des aquilons.

AGNÈS.

Nous ne perdons rien de ce que cette voix dit..

MATHILDE.

Comme la bienfaisante rosée ranime les fleurs,
ainsi cette douce voix ranime mon esprit abattu.

(La voix, plus près encore).

A l'ombre de l'épais feuillage
L'oiseau soupire ses concerts,

3..

C'est un harmonieux hommage
Qu'il rend au Dieu de l'univers.

AGNÈS.

Dieu n'a-t-il pas plus d'amour pour nous que
pour les oiseaux ?

MATHILDE.

Mille fois plus, mon enfant. Celui qui nourrit les
oiseaux, ne nous oubliera point.

(La bergère, qui chante, approche toujours ; elle fait entendre
encore le couplet suivant) :

Mortels, ne versez plus de larmes ;
Bientôt, d'un Dieu consolateur
La main, dissipant vos alarmes,
Vous conduira vers le bonheur.

AGNÈS.

Voilà précisément ce que je disais. Bonne maman,
l'as-tu entendu? (*Elle sèche ses pleurs avec son
mouchoir.*) Tu ne pleureras plus, n'est-ce pas ?

MATHILDE.

Non, ma fille. Dieu vient de me consoler de la

manière la plus touchante. Devais-je avoir si peu de foi !

AGNÈS.

La chanson est finie. Qui donc pouvait chanter si bien ?

MATHILDE.

C'est, sans doute, quelque berger ou quelque bergère, que Dieu nous amène dans sa miséricorde.

SCÈNE V

LA BERGÈRE, LES PRÉCÉDENTS.

LA BERGÈRE.

(Elle descend du rocher, et furette dans tous les buissons).

Hélas ! mon agneau serait-il perdu ? où peut-il se cacher ? Mais où suis-je moi-même ? je ne me reconnais pas dans ces lieux. Jamais je ne suis avancé si loin dans la montagne. J'espère retrouver mon troupeau de l'autre côté de cette colline. (*Apercevant Mathilde et Agnès.*) O Ciel ! des étrangers ! Éloignons-nous.

MATHILDE.

N'aie pas de crainte, ma bonne enfant ; nous sommes de pauvres femmes.

LA BERGÈRE.

De pauvres femmes ? Ah ! mon Dieu ! dites-moi en quoi je puis vous rendre service.

AGNÈS.

Excepté quelques fraises, ma mère n'a rien mangé depuis hier à midi.

LA BERGÈRE.

Dieu soit loué ! j'ai encore mon déjeûner. (*Ouvrant aussitôt sa corbeille, elle en tire du pain, une écuelle de terre, ainsi qu'une cruche de grès*). Mangez ce pain, il est délicieux. Ce lait de brebis est aussi fort doux. Voici des fruits pour votre fille ; elle doit les aimer. Il reste encore un peu de pain.

MATHILDE, *rassasiée*.

Généreuse enfant, je te remercie ! tu es pour moi un ange du ciel, que Dieu m'a envoyé au fort de ma détresse. Sans toi, sans doute, la faim aurait terminé mes souffrances.

LA BERGÈRE.

Mais comment vous trouvez-vous dans cette partie sauvage de la montagne ? Comment pouvez-vous vivre dans cette pauvre cabane ? Nous aussi, nous habitons une cabane, mais plus grande et plus rapprochée des habitations de la vallée. Suivez-moi ; je vous conduirai vers des gens qui ne vous laisseront pas mourir de faim.

MATHILDE.

Je le voudrais, mais je suis trop faible ; je ne puis me tenir sur mes jambes.

LA BERGÈRE.

Que faire alors ? Je vous apporterais bien à manger tous les jours, bien que nous soyons pauvres nous-mêmes ; mais j'ai à faire un trop long trajet. (*Elle se tord les mains*). Que ne puis-je vous aider ?

MATHILDE.

Calme-toi, mon enfant ! Dieu vient de m'aider d'une manière miraculeuse ; il continuera de le faire. Tes dons ont ranimé mes forces. Que Dieu te récompense du pain et du lait que tu m'as donnés !

AGNÈS.

Reçois aussi mes remercîments, bergère compatissante ! tu auras faim toi-même ; tu t'es privée de ton déjeûner.

LA BERGÈRE.

N'en parlez plus, c'est si peu de chose ! j'aurais voulu en avoir davantage.

MATHILDE.

Tu as un double droit à ma reconnaissance : ton pain et ton lait ont fortifié mon corps, et tes chants agréables ont porté un baume salutaire dans mon âme désespérée.

LA BERGÈRE.

Les chansons vous plaisent donc bien ? J'en con-

nais plusieurs, les unes plus belles que les autres.
Mon bonheur est de chanter. Vous en jugerez, par
le trait suivant : j'ai donné dernièrement un agneau
pour une chanson nouvelle.

MATHILDE.

Ma fille aime aussi à chanter. Agnès, prends le
luth et chante-lui une chanson.

AGNÈS.

Avec beaucoup de plaisir.

(Elle prend le luth, s'assied sur un rocher et prélude).

LA BERGÈRE

Quels sons harmonieux ! Que c'est beau en com-
paraison des chalumeaux et des cornemuses de nos
montagnes.

AGNÈS.

Je vais te chanter la chanson de la cérise :

De la jeune Blandine
Le gentil arbrisseau,
Cerise purpurine
Eut un printemps nouveau.

Notre fillette admire
L'éclat de ce seul fruit ;
Tel trésor, à vrai dire,
Son jeune cœur séduit.

Elle bondit, sautille
De joie et de bonheur ;
Point de présent futile
Quand il vient d'un bon cœur.
Elle porte à sa mère
Le fruit qu'elle a cueilli ;
A cette voix si chère
Perrette a tressailli.

Les yeux mouillés de larmes,
Elle refuse en vain
Primeur pleine de charme ;
Blandine est sur son sein.
Quelle douce surprise !...
Du printemps au retour,
Au lieu d'une cerise,
Cent brillent chaque jour.

La mère palpitante
Enlace son enfant ;
Montrant tige éclatante
Dit d'un air triomphant :
« Le Seigneur récompense
Ton présent généreux ;
Sans la reconnaissance
L'enfant n'est point heureux. »

LA BERGÈRE, *sautant de joie.*

Oh! que c'est beau! tu chantes bien mieux que
moi. Ta voix mélodieuse et cet instrument dont tu
joues si bien vous procureront, à toi et à ta mère,
le pain de chaque jour. Viens avec moi, je te prie.
Quand même les gens n'auraient aucune pitié de
vos malheurs, ils seraient charmés de tes chansons.
Ils te donneront avec joie de tout ce que nous avons
dans nos montagnes, du pain, du lait, des œufs, de
la laine et du lin.

MATHILDE.

La bonne idée, et qui vient, je crois, du ciel!
Oui, ma chère Agnès, au nom de Dieu, va chanter
aux portes des maisons, va gagner de quoi vivre
pour toi et pour ta pauvre mère.

AGNÈS.

Si tu me l'ordonnais, bonne maman, pour te faire
plaisir, je marcherais nu pieds sur les épines les
plus piquantes, et même sur une barre rougie. Mais
à présent que tu es malade et souffrante, pourrais-
je te quitter sans danger pour ta vie? tu languirais
trop, d'ailleurs, pendant mon absence.

MATHILDE.

Rassure-toi, ma fille, je me porte beaucoup
mieux ; ce que cette bonne bergère m'a donné me
suffira pour deux et même pour trois jours.

LA BERGÈRE.

Ta mères est hors d'embarras ; ainsi, viens avec
moi ! Ce soir, ou demain au plus tard, tu seras auprès d'elle avec des provisions pour une semaine
ou deux. Mais ta corbeille est bien petite ! je te don-
nerai la mienne ; je la porterai moi-même, en te
ramenant ici.

MATHILDE.

Oui, veille bien sur elle ; qu'il ne lui arrive pas
d'accident fâcheux, que ses yeux ne voient point de
vilaines choses, que ses oreilles n'entendent point
des paroles contraires à l'honnêteté et à la pudeur !

LA BERGÈRE.

Vous pouvez vous en reposer sur moi. Prenez ma
main pour gage ! Je renonce pour aujourd'hui à
chercher l'agneau que j'ai perdu, et, pour ne pas
nous égarer, je prendrai le sentier qui m'a menée à
votre demeure.

MATHILDE.

Adieu, ma bonne fille ! que je souffre de te voir
partir ! mais le sort cruel l'exige. Adieu, jusqu'à ce
soir, jusqu'à demain au plus long. Pense au Seigneur, marche toujours en sa présence. Mes prières
t'accompagneront.

(Elle serre Agnès dans ses bras).

AGNÈS, versant des larmes.

Oui, ma mère, je songerai au Seigneur et à toi
aussi. Qu'il me coûte de m'arracher de tes bras !
Prie Dieu avec ferveur, pour que notre séparation
ne soit que de quelques heures.

MATHILDE.

Je ne l'oublierai pas, mon enfant, Dieu bon, Dieu
miséricordieux, tu vois cette fille, c'est mon unique
trésor. Pour nourrir sa mère, elle va se mêler à des
étrangers. Bénis ses pas ! sois son soutien, et fais
que tous les cœurs lui deviennent compatissants.
Partez, mes, enfants ; que Dieu soit toujours avec
vous. (*L'émotion empêche Agnès de parler. Elle se
jette au cou de sa mère*). Il le faut, partez. Agnès !
du courage, mon enfant ! ce n'est que pour un ou

deux jours, demain nous serons réunies. Adieu. Embrasse-moi encore une fois. Adieu, adieu.

(Agnès sèche ses larmes et suit la bergère ; elle se retourne souvent du côté où est restée sa mère).

SCÈNE VI

MATHILDE.

La pauvre enfant ! elle me quitte aujourd'hui pour la première fois. Me voilà donc seule au milieu de ces rochers sauvages. Hélas ! pourvu qu'il n'arrive aucun malheur à mon Agnès ! j'aimerais mieux périr dans ce désert !

ACTE III

On voit, dans un beau vallon, une maison de paysan, entourée d'un verger et tapissée de vignes. Sur l'avant-scène, un banc et une table sont dressés sous un marronier.

SCÈNE 1

AGNÈS, LA BERGÈRE.

LA BERGÈRE, *portant un agneau.*

La ferme qui est devant vous est habitée par les meilleures gens de la contrée. Chante d'abord ici, tu seras bien accueilli ; cela t'encouragera. Quant à moi, je vais porter mon agneau chez nous. Lorsque tu auras fini de chanter par ici, tu te rendras à notre

cabane. Arrivée aux deux sapins que tu vois là bas,
tu découvriras notre demeure, et tu suivras, au travers des prairies, un petit sentier bien joli qui t'y
conduira. Adieu.

AGNÈS.

Adieu, ma chère. Je te remercie un million de
fois.

SCÈNE II

AGNÈS.

Grand Dieu ! je tremble ; je vais chanter pour
avoir un morceau de pain ! j'ai plus d'envie de pleurer. Pourtant je ne dois pas rougir de notre pau-
vreté ; elle n'est pas déshonorante quand on ne la
mérite point.

(Elle accorde son luth et chante).

Non loin d'un lac tranquille,
Au bord d'une forêt,
Un enfant peu docile
Courait et folâtrait.
Il voit rose brillante,
Au milieu des roseaux ;
Une joie imprudente
Lui fait braver les eaux.

Dans la barque légère
Il s'élance à l'instant,
Et sa main téméraire
Prend l'aviron pesant.
Pauvre mère lui crie
En pâlissant d'effroi :
« Arrête ! je t'en prie ;
La mort est près de toi ! »

Cet avis salutaire
L'enfant loin d'écouter,
Vers la rose éphémère
Rame sans hésiter.
La barque, hélas ! chavire ;
Et, pour son châtiment,
Le malheureux expire
Dans un affreux tourment.

Tout le long de la rive
On entend des sanglots ;
Aucune voix plaintive
Ne sort du sein des flots.

Les enfants du village
Pâles et tout tremblants
Disent dans leur langage :
« Dieu venge les parents ! »

(Pendant qu'elle chante, plusieurs enfants regardent par la fenêtre et l'écoutent ; une paysanne descend, et fait connaître son contentement par son air joyeux).

SCÈNE III

AGNÈS, LA PAYSANNE.

LA PAYSANNE.

'Elle s'avance et regarde attentivement Agnès).

Mon Dieu ! cette enfant est étrangère ! ses vêtements me l'indiquent. Quel air tendre et délicat ! Comment a-t-elle pu gravir la montagne ? comment a-t-elle pu trouver le chemin de notre maison isolée? *(Elle s'approche)*. Dieu te bénisse, ma chère petite ! tu chantes comme un ange, dont tu sembles égaler la douceur. Que puis-je te donner en récompense de ta belle chanson?

AGNÈS.

J'ai faim ; donnez-moi, pour l'amour de Dieu, un peu de pain et de lait.

LA PAYSANNE.

Tu seras satisfaite dans un moment. Je reviens.

AGNÈS, *seule*.

L'excellente femme ! sa bonté me rappelle celle de ma mère. Dieu soit loué d'avoir d'abord dirigé mes pas de ce côté-ci. Je suis déjà moins oppressée par la douleur ; l'espérance me ranime.

SCÈNE IV

AGNÈS, GEORGES, ROSE, LISETTE.

GEORGES.

Tiens, jeune fille, prends ce gros morceau de pain, en attendant le lait qui ne tardera pas à venir.

ROSE.

(Elle apporte une écuelle de lait, qu'elle place sur la table).

Voici du lait ! assieds-toi sur ce banc, émiette ton pain dans le lait et mange.

LISETTE.

(Elle apporte des fruits dans son tablier et les pose sur la table).

Voici des pommes et des poires. Quel est ton nom?

AGNÈS.

Grand merci, hons enfants, à vous et a votre tendre mère! Je me nomme Agnès.

LISETTE.

Agnès? eh bien! Agnès, mange!

ROSE.

(Elle touche et examine les vêtements d'Agnès)

Ce jupon est bien joli. Je n'irais pas demander .'aumône, si j'en avais un aussi beau.

LISETTE, *étendant la main.*

Agnès, veux-tu me donner ton bouquet?

AGNÈS.

Avec plaisir. Il est composé de fleurs des Alpes.

GEORGES, *examinant le luth d'Agnès.*

Ah ! le joli instrument ! tu t'en accompagnais sans doute quand nous t'avons entendue. Chante-nous, chante-nous encore une petite chanson !

ROSE et LISETTE, *ensemble.*

Oh ! Oui ! encore une petite chanson !

AGNÈS.

Je cède volontiers à votre désir ; écoutez la chanson de l'Alouette :

Sur son aile papillonnante
L'alouette, au plus haut des airs,
S'élançant, dès l'aube naissante,
Entonne ses divins concerts :
Dieu, Dieu, Dieu, Dieu, Dieu !

Dieu, Dieu suprême !
Que je célèbre Dieu.
Dieu, toi que j'aime,
Je te bénis, mon Dieu !
Dieu, Dieu, Dieu, Dieu, Dieu !

L'accord de mon cantique,
En s'élevant vers toi,
Devient plus poétique
Pour exprimer ma foi.
Dieu, Dieu, Dieu, Dieu, Dieu !
Dieu, Dieu, Dieu, Dieu, Dieu !

LES TROIS ENFANTS, *ensemble.*

Bravo ! bravo ! Nous te remercions de ta complaisance. Encore une autre chanson, gentille bergère, encore une autre !

AGNÈS.

Je n'ai rien à vous refuser ; vous vous êtes montré trop généreux et trop compatissant à mon égard. Voici la chanson de la caille :

La caille printanière,
Avec le point du jour,
Commençant sa prière
Margotte tour à tour :
« Maîtres, valets, courage !
Allons, vite à l'ouvrage. »

Quand chaleur étouffante
Plane sur les moissons,
Une voix carcaillante

Fait entendre ces sons :
« Maîtres, valets, courage !
Allons, vite à l'ouvrage. »

La nuit étend ses voiles ;
Soudain tous les échos,
Aux doux feux des étoiles
Invitent au repos.
« Demain, dit le ramage,
Vous reprendrez l'ouvrage. »

SCÈNE V

LA PAYSANNE, LES PRÉCÉDENTS.

LA PAYSANNE

(Sur la fin du dernier couplet, la paysanne est arrivée, apportant du beurre sur une feuille de vigne).

Tiens, chanteuse charmante ; prends ce beurre
que je viens de faire moi-même pour toi

AGNÈS.

Je vous remercie de votre bonté, mille et mille
fois.

LA PAYSANNE.

Mais tu ne manges pas, ma chère enfant ! Tu dois
avoir faim cependant ; tu as bien marché.

AGNÈS.

J'ai mangé suffisamment : maintenant, si vous
le trouvez bon, je porterai une tartine de beurre à
ma mère.

LA PAYSANNE.

Voyez, mes enfants, comme cette petite aime sa
mère ! malgré sa propre faim, elle ne mange qu'une
faible portion de ce qu'on lui donne, et garde les
plus gros morceaux pour celle à qui elle doit le
jour. Prenez exemple sur elle ! Mange, ma bonne
fille, mange. Je n'oublierai pas ta mère ; je rem-
plirai ta corbeille de pain, de beurre et de fruits
pour ses besoins les plus pressants.

SCÈNE VI

BENNO, LES PRÉCÉDENTS.

GEORGES.

Venez tous ! voici notre vénérable père Benno !

(Tous les enfants accourent pour lui baiser la main. Agnès se contente de se lever, sans les suivre).

BENNO.

Que Dieu vous bénisse, bonne mère, vous et vos enfants.

GEORGES.

Père Benno, voyons, que nous as-tu apporté ?

BENNO.

Voici pour toi, saint Jean l'Évangéliste. Grave dans ton cœur cette maxime que j'ai écrite au bas du portrait: « Mes enfants, aimez-vous les uns les autres! »

ROSE.

Ah ! donnez-moi quelque chose de bien joli?

BENNO.

Prends cette petite croix. Puisse le ciel ne pas t'en faire porter de plus grande !

LISETTE.

Et moi ! n'aurai-je donc rien ?

BENNO.

Approche; donne-moi ton doigt; voici une petite bague qui brille comme un diamant.

LISETTE.

Que c'est beau ! Je ne la donnerais pas pour deux cents francs.

BENNO.

Je pense que tu m'aimeras maintenant?

LISETTE.

Jamais, tant que tu auras cette vilaine barbe.

LA PAYSANNE.

Fi donc ! quelle impolitesse ! Mais d'où vient que
vous ne remerciez pas le bon ermite.

(Les enfants lui baisent aussitôt la main).

NNO.

C'est bien, mes enfants ; que le bon seigneur
vous protége, et vous rende une source de joie pour
vos parents ! Soyez toujours sages, obéissants et la-
borieux ; me le promettez-vous ?

LES ENFANTS, *ensemble, à haute voix.*

Nous te le promettons.

BENNO.

Vos mains dans les miennes, tous les trois. Je
crois maintenant que vous me tiendrez parole.

LA PAYSANNE.

Vous l'entendez bien ! si vous ne tenez pas vos promesses, le père Benno le saura, et vous reprendra les jolis cadeaux qu'il vous a faits.

GÉORGES, *avec emphase*.

Moi, je n'ai qu'une parole.

LA PAYSANNE.

Oui, sans doute ; tu es déjà un homme. Rentre avec tes sœurs ; allez montrez à votre grand'mère ce qu'on vous a donné.

(Les enfants rentrent dans la maison, en agitant leurs cadeaux).

SCÈNE VII

BENNO, LA PAYSANNE, AGNÈS.

BENNO.

Qui est cette petite? Une joueuse de luth, ce me semble. (*àpart.*) Quel air de douceur ed et modestie! (*haut.*) Voyons, mon enfant, joue-nous quelque chose, ce que tu sais de plus beau, mais seulement un couplet.

AGNÈS.

De ma plus belle romance? Eh bien! je vais vous chanter le couplet du muguet.

BENNO.

Soit. Le muguet, la fleur de l'innocence, ton emblème. Nous écoutons. (*Agnès prélude un instant.*)

C'est parfait, en vérité. Il paraît que tu as eu un bon maître.

(Agnès, chantant :)

Le blanc muguet de l'innocence
Retrace à nos yeux la couleur ;
De sa clochette, qui s'élance,
Il encense le Créateur.

Au printemps, il semble nous dire :
Mortels, soyez purs comme moi ;
Dieu n'ouvre son céleste empire
Qu'à ceux qui sont remplis de foi.

BENNO , *étonné.*

Qu'entends-je? Ce couplet est le même que celui qu'Albert m'a chanté ce matin. Personne ne le connaît, m'a-t-il dit, excepté feue son épouse, qui la composé. Voilà qui est singulier ! Si cela pouvait amener une reconnaissance ! Interrogeons cette enfant. Quel est ton nom, ma petite fille?

AGNÈS.

Agnès, pour vous servir, vénérable père.

BENNO.

Et le nom de ta mère?
AGNÈS.

5

AGNÈS.

Mathilde.

BENNO, *avec tristesse.*

Ce n'est point cela ! L'épouse de mon hôte s'appelait Théolinde, et sa fille Adeline. Chère Agnès indique-moi la demeure de ta mère ?

AGNÈS.

Elle est bien loin d'ici ; là-haut dans les montagnes.

BENNO.

Vous y êtes donc seules ? personne n'y demeure. Dis-moi comment vous êtes venues dans ce désert, et comment vous vous y nourrissez.

AGNÈS.

Tout ce que je sais, c'est que nous y demeurons depuis longtemps dans une pauvre cabane. Un bon vieillard nous procurait du travail, et nous donnait des vivres, au lieu de salaire. Mais, il n'est plus le bon Jácob, et ma mère en est malade de chagrin !

BENNO.

Je vous plains ; la mort de ce brave homme a été
un grand malheur pour vous. Mais qu'avez-vous
fait depuis ?

AGNÈS.

Hélas ! nous avons bien souffert ! uné chèvre
nous restait ; mais un jour elle grimpa sur un rocher et tomba dans un abîme ; nous sommes aujourd'hui sans ressources.

BENNO.

C'est depuis ce temps-là, sans doute, que tu
chantes devant les maisons pour te nourrir, ainsi
que ta mère.

AGNÈS.

Il le faut bien ! cette maison est la première devant laquelle je chante.

BENNO.

Qui t'a appris la jolie chanson que tu viens de
chanter.

AGNÈS.

Ma mère. Elle la chantait souvent, tant qu'elle s'est bien portée. Maintenant, malade, accablée d'infirmités, elle ne chante plus ; enfermée dans sa chambre, elle ne peut plus en sortir. Ce matin, elle a voulu prendre l'air, elle s'est évanouie.

(Elle fond en larmes).

BENNO.

Ne pleure pas, mon enfant ; Dieu aura pitié de vous. J'ai lieu de croire que ta mère a été liée autrefois d'une étroite amitié avec l'épouse d'un chevalier que je connais. Ta chanson, qu'il affectionne beaucoup, pourrait l'engager à t'adopter, et à prendre soin de ta mère. Y a-t-il loin d'ici à votre habitation ?

AGNÈS.

Deux ou trois lieues.

BENNO.

C'est beaucoup pour moi ; mais aucun chemin ne doit être long, quand il conduit à un malheureux qu'il faut soulager. Pourrais-tu m'y conduire ?

AGNÈS.

Je ne connais guère la route; c'est une bergère qui m'a guidée jusqu'ici. Elle demeure là-bas, non loin de ces sapins.

LA PAYSANNE.

C'est Thécla. Elle pourra vous conduire, père Benno. Mais toi, ma bonne Agnès, tu passeras cette nuit avec nous ; tu dois être bien fatiguée !

AGNÈS.

Non, non. Le chemin qui conduit une fille vers sa mère est-il jamais trop long?

BENNO.

Bien, fort bien, mon enfant. Tu aimes ta mère, je le vois. Conserve ces bons sentiments, pour être heureuse ici-bas et dans le ciel.

SCÈNE VIII

LES PRÉCÉDENTS, UN PAYSAN.

LE PAYSAN.

(Il porte une cognée sur l'épaule. Apercevant Benno, il court à lúi).

Je vous salue, père Benno ! Que j'ai de plaisir à vous voir ici ! Je coupais du bois sur la montagne, lorsque je vous ai vu vous acheminer vers ma maison. Pour venir vous dire bonjour, j'ai hâté le plus possible ma besogne.

(La paysanne entre dans la maison avec la corbeille d'Agnès).

BENNO, *prenant son bâton.*

Adieu, mon cher Matthieu ; que Dieu vous ait en sa sainte garde ! il faut que je parte à l'instant.

LE PAYSAN.

Comment donc ? bonjour et adieu tout à la fois ! cela ne se peut. (*Il s'appuie sur sa cognée.*) Vous venez à point nommé, vous partagerez notre dîner. En attendant que tout soit prêt, nous causerons et nous boirons un verre d'un excellent vin.

BENNO.

Il m'est impossible d'accepter. J'ai moi-même un hôte à traiter, et, avant de le rejoindre, je dois visiter un malade.

(La paysanne revient avec la corbeille pleine de vivres).

BENNO, *à la paysanne.*

Je vous ai dit que j'ai un hôte chez moi. J'étais donc venu pour vous prier de nous envoyer des poulets, des pigeons, du beurre, de la fleur de farine et des fruits, enfin tout ce qui est nécessaire dans une occasion semblable ; et comme je ne pourrai pas m'occuper de la cuisine ce matin, je vous prie aussi de nous apporter quelques mets froids.

LA PAYSANNE.

Bien volontiers. Je vous enverrai des beignets et des poulets tout rôtis.

BENNO.

Et vous, bon Mathieu, vous pouvez aussi m'alléger. Voudriez-vous porter toutes ces provisions dans mon ermitage, parce que je ne m'y rends pas directement ?

LE PAYSAN.

Je suis enchanté de pouvoir vous être utile. S'il le fallait, je traverserais pour vous les torrents les plus impétueux, les déserts les plus sauvages.

BENNO.

Vous direz à l'étranger qui m'attend qu'une affaire pressante réclame ma présence dans d'autres lieux, mais que je serai de retour auprès de lui sur le soir. Mon hôte est riche ; vous serez payé de vos peines et de vos fournitures

LA PAYSANNE.

Quand bien même il serait pauvre, nous ne le traiterions pas moins bien. Nous savons qu'il y a quelqu'un au ciel de qui les récompenses sont magnifiques.

SCÈNE IX

LA BERGÈRE, LES PRÉCÉDENTS.

LA BERGÈRE.

Eh bien! Agnès, je t'ai attendue longtemps ; j'ai craint que tu ne te fusses égarée.

AGNÈS.

Tu m'as indiqué une maison excellente. Je te remercie

5..

LA BERGÈRE.

Je savais très-bien ce que je faisais. Bonjour, Martha; bonjour Matthieu! Bon père Benno, je vous salue!

LA PAYSANNE.

Thécla, tu viens fort à propos pour servir de guide au père Benno, et pour porter la corbeille d'Agnès.

LA BERGÈRE.

Avec plaisir! Mais auparavant il faudrait prévenir ma mère; une si longue absence pourrait l'inquiéter.

LA PAYSANNE.

Je m'en charge. Chère Agnès, ta corbeille est pleine pour ta bonne maman; tu lui diras le bonour de ma part.

LE PAYSAN.

Un bonjour sans présent a bien peu de prix.

AGNÈS.

Comment ! la corbeille est pleine de provisions.
Que le bon Dieu vous le rende !...

BENNO.

Il le rendra ! soyez-en sûr. Ce que nous faisons
pour la veuve et pour l'orphelin nous est rendu au
centuple. Hâtons-nous, partons, mes enfants.
Adieu, mes bons amis. Que Dieu vous protége !

(Il s'éloigne avéc Agnès et la bergère).

SCÈNE

LE PAYSAN, LA PAYSANNE.

LA PAYSANNE.

Il faut convenir que le vieux père Benno est un
bien brave homme ! A peine a-t-il vu la pauvre pe

tite joueuse de luth, à peine a-t-il entendu parler
de la maladie de sa mère, qu'il prend la résolution
subite de voler à son secours, malgré la longueur et
les difficultés de la route.

LE PAYSAN.

Un brave homme, tant que tu voudras ; moi, je
n'en suis pas tout à fait content. C'est aujourd'hui
le vingt-cinquième anniversaire de son entrée dans
l'ermitage qu'il s'est choisi pour sa demeure ; c'est
un jour de fête pour toute la contrée. Depuis longtemps nous nous réjouissions de le célébrer, et
voilà que par son absence il n'y aura point de fête.
Ce contre-temps me chagrine, vraiment.

LA PAYSANNE.

Il ne connaissait pas notre dessein, il est donc
excusable. D'ailleurs il revient ce soir ; la fête n'en
sera que plus belle. Faisons même tourner son absence à notre plaisir et au sien. Ornons sa cellule
de guirlandes. Je vais envoyer nos enfants cueillir
des fleurs dans la prairie, et, au lieu de lui offrir
un festin chez nous, il l'aura dans sa cellule.

LE PAYSAN.

C'est une excellente idée. Je vais tresser moi-

même des guirlandes, et je les porterai avec les
mets pour l'hôte, qui, j'en suis sûr, m'aidera à dé-
corer la cellule. Pour sa peine, nous l'inviterons
au repas ; car nous avons pour devise : « Travaille,
si tu veux manger. » Mon cœur est rempli de joie.
J'augure que ce sera une soirée délicieuse.

ACTE IV

SCÈNE I

Le théâtre a la même décoration qu'au deuxième acte.

MATHILDE.

(Elle est assise sous le marronier et tresse une guirlande de
fleurs).

Jamais jour ne m'a paru aussi long et aussi triste
que celui-ci. Je ne puis vivre sans ma fille. Hélas !
pourvu qu'il ne lui arrive pas de malheur ! pourvu
qu'elle revienne heureusement dans mes bras !
L'inquiétude dévore mon cœur. Dieu de bonté, mon
unique espoir, daigne, ah ! daigne protéger ma fille !
Ma bonne Agnès ! tous les jours tu couvrais de fleurs
le monument que nous avons érigé à la mémoire
de ton père, de cet époux chéri, mort déjà depuis
plusieurs années. Je te remplace aujourd'hui dans

ce doux soin. Cette guirlande, tressée de mes ma..s, va entourer le nom sacré d'Albert, que ma main a gravé sur ce hêtre. O mon bien-aimé ! tu étais digne d'un monument de marbre, avec des inscriptions en lettres d'or. Mais pourquoi de sombres pensées viennent-elles m'assaillir de nouveau? Si j'essayais de chanter? La chanson de la jeune bergère m'a bien soulagée ce matin. Chantons : un chant pieux me donnera des forces et me consolera.

> La vie est un sentier pénible,
> A l'homme offrant, de toutes parts,
> D'un mont le flanc inaccessible,
> Et couvert d'éternels brouillards.
> Sur quelques rochers l'espérance
> Jette pourtant de pâles fleurs;
> C'est un don de la Providence
> Pour calmer un peu nos douleurs.
>
> Allons, du courage, mon âme !
> Par delà les globes divers,
> Rayonne l'éclatante flamme
> Qui seule éclaire l'univers.
> Au bout d'une courte carrière,
> T'attendent les saints glorieux ;
> Pourrais-tu rester en arrière
> En découvrant, au loin, les cieux ?

(Elle se lève).

J'entends des pas d'homme. Mon Agnès me serait-elle rendue? Agnès, est-ce toi? Eh ! quoi, tu n'es pas encore dans les bras de ta mère?

SCÈNE II

BENNO, MATHILDE.

MATHILDE, *reculant d'effroi.*

Que vois-je ? un ermite !

BENNO.

Dieu vous bénisse, noble dame ! pardonnez-moi
si je viens vous troubler dans votre solitude.

MATHILDE.

Pardonnez-moi plutôt, vénérable pére, de vous
avoir embarrassé par mon effroi. Dans la vie solitaire que je mène ici, je n'aperçois que de loin en
loin le chasseur qui poursuit le chamois, ou le berger cherchant une brebis qui s'est écartée du troupeau. Mais tous m'ont promis de ne pas trahir ma
retraite. Ce matin j'ai eu, par hasard, la visite

d'une petite bergere, et j'ai oublié de lui recom--
mander le silence sur mon compte. Aurait-elle ré-
vélé mon secret asile?

BENNO.

Rassurez-vous, noble dame, je ne viens pas dans
le dessein de vous nuire.

MATHILDE.

Débarrassez-vous, dans ce cas, de votre bâton et
de votre manteau, et asseyez-vous sur ce ban de
pierre.

BENNO.

Je viens dans l'espoir de guérir un cœur malade.

MATHILDE.

Si c'est du mien que vous parlez, j'avoue qu'il
est malade, bien malade, mais Dieu seul peut le
guérir. Il n'y a plus ici-bas pour moi ni espoir, ni
consolation. Tout ce que je demande à cette terre,
avant qu'elle me reçoive dans son sein, c'est un
peu de pain. Si vous pouvez m'en procurer, faites-
le, je vous en prie.

BENNO.

Vous serez satisfaite.

MATHILDE

Ce n'est pas tout. J'ai une fille unique, ma seule
consolation. Il m'est douloureux de la voir végéter
au milieu de ces affreux rochers, privée d'une éducation digne du rang dans lequel elle est née. Vous,
mon vénérable père, me paraissez avoir de l'expé-
rience. Vous n'avez pas toujours porté cette robe de
bure : votre langage, vos manières annoncent que
vous avez été jadis le compagnon de nobles chevaliers. Peut-être Dieu vous a-t-il envoyé pour changer le sort de ma pauvre fille.

BENNO.

Oui, c'est là ce qui m'amène: j'ai vu votre fille,
belle et bonne comme un ange. J'ai été vivement
ému de sa position.

MATHILDE.

Vous l'avez vu? où? Mon Dieu ! lui serait-il arrivé
quelque malheur ?

BENNO.

Soyez sans alarme. La jeune bergère de ce matin,
dans un quart d'heure vous la ramènera bien por-
tante. J'ai pris les devants parce qu'il m'importait,
avant tout, d'avoir un entretien particulier avec

vous. Votre fille pourrait, à la vérité, gagner sa vie à chanter, mais ce métier lui deviendrait funeste, n'en doutez nullement. J'ai un ami noble et généreux, à qui la mort a enlevé se fille unique. En voyant votre enfant, l'idée m'est venue qu'il pourrait bien l'adopter. Sa douceur, son innocence, le charme de sa voix, et surtout une petite chanson qu'elle sait, le préviendront en sa faveur, et lui gagneront tout-à-fait ses bonnes grâces. Mais avant tout, il est nécessaire que je connaisse votre histoire. Ayez confiance dans le vieillard qui vous parle, et qui a pour vous des entrailles de père. Dieu connaît la pureté de mes intentions.

MATHILDE.

Je vous crois, vénérable ermite; écoutez donc l'histoire de mes malheurs.

BENNO.

Il faut que vous en ayez éprouvé de bien grands pour avoir été contrainte à vous retirer dans ce désert. Parlez; je vous écoute avec le plus vif intérêt.

MATHILDE.

Je suis Théolinde, fille unique du comte Ernest d'Apremont.

BENNO, *étonné.*

(A part).

O ciel ! ce serait donc elle-même ?

MATHILDE.

D'où vient votre émotion ? Est-ce de mon nom
seriez-vous de mes ennemis ? Oh ! mon vénérable
père, j'aime à penser le contraire.

BENNO.

Rassurez-vous, noble dame ; je ne suis l'ennemi
de personne ; pourrais-je l'être d'une mère infortunée ? Mais, votre fille m'avait dit que vous vous
appeliez Mathilde.

MATHILDE.

C'est qu'elle ignore elle-même mon vrai nom.
Ecoutez-moi, et tout va s'éclaircir. J'ai eu pour
époux, Albert de Montaigu, chevalier noble et
distingué.

BENNO, *à part.*

C'est elle-même ! plus de doute.

MATHILDE.

Les premiers temps de notre mariage furent très-heureux. Mais bientôt la guerre éclata; il dut partir. Je ne vous entretiendrai point des horreurs de cette guerre. Notre château fut attaqué et pris à l'improviste, et comme il était situé sur la frontière, on y mit une forte garnison. Le chef ennemi, Grimmo de Noirlieu, me préserva, il est vrai, de la fureur et de la licence de la troupe barbare qu'il commandait; mais bientôt il osa me faire de criminelles propositions, que je repoussai de toutes mes forces. Alors il m'offrit sa main. Je lui montrai mon anneau nuptial. Il se maintint pendant quelque temps; il redoubla de soins et de prévenances, mais il était, en secret, mon plus dangereux ennemi.

BENNO.

Hélas! pauvre infortunée! Mais Dieu envoie de fortes tentations à ceux qu'il chérit le plus.

MATHILDE.

Un jour, un écuyer de notre armée, qui m'était inconnu, vint m'avertir que mon époux avait trouvé le trépas dans une grande bataille; et pour que j'eusse foi à la vérité de son message, il me montra l'anneau nuptial d'Albert. Je ne vous dirai point quelle fut ma douleur à cette triste nouvelle. Je pris aussitôt le deuil, et je le porte encore. Grimmo me pressa plus vivement alors; mais en vain. J'avais conçu pour lui une répugnance invincible; elle n'était que trop bien fondée; car je sus positivement que cet homme pervers était déjà marié.

BENNO.

Le scélérat !

MATHILDE.

La fuite devint mon seul refuge contre tant d'obsessions; soir et matin j'élevai mon âme vers Dieu, ce doux appui de l'innocence, et Dieu m'exauça.

BENNO.

Vous avez bien fait de mettre votre espoir dans le Seigneur, le soutien de l'innocence opprimée.

MATHILDE.

De tous mes serviteurs, le plus vieux m'était resté fidèle. Il avait accompagné mon époux à la guerre; mais celui-ci, au bout de quelque temps, me l'avait envoyé, déguisé en pèlerin, pour avoir de mes nouvelles. C'était pour moi un secours du ciel, et au lieu de le renvoyer à Albert, je le retins, malgré la douleur que je ressentais de laisser mon époux privé de mes nouvelles. Ce fut ce bon serviteur qui me fit évader. Pendant une nuit obscure, il s'approcha du château avec une nacelle, où je descendis avec ma fille par le moyen d'une échelle, et nous fit aborder, sans accident, à l'autre rive. Ensuite il renversa la nacelle, jeta mon voile parmi les roseaux du rivage, pour faire croire que nous étions noyées, et pour que Grimmo ne mît point ses gens à notre poursuite. Le bruit de notre mort se répandit, en effet, dans toute la contrée. Le chevalier, sans foi, en douta seul, et envoya à notre recherche; mais ce fut inutilement. Nous étions arrivées dans cette montagne déserte, et qui passe pour être seulement fréquentée par des fantômes et des apparitions surnaturelles, depuis que deux chevaliers s'entre-tuèrent autrefois à l'endroit marqué par cette croix de pierre

BENNO, *regardant la croix.*

Grand Dieu! il n'y a donc pas un seul coin de terre qui ne soit arrosé du sang des hommes !

MATHILDE.

Un bon montagnard, nommé Jacob, nous conseilla de changer de nom. Il nous aida à construire cette cabane; il nous fournit les ustensiles les plus nécessaires, et nous acheta même une chèvre, que

nous venons, hélas ! de perdre ; enfin, il prit de nos
le plus grand soin.

BENNO.

L'infortune est le creuset de l'amitié. Si Dieu nas
suscité parfois des ennemis acharnés à notre perte,
il nous donne aussi des amis dévoués.

MATHILDE, *essuyant ses larmes*.

Notre bienfaiteur mourut dans la hutte d'un chasseur, à une courte distance d'ici. Il se rendait à
notre demeure, lorsqu'il se trouva mal. Sur le point
d'expirer, il nous recommanda à la bienfaisance du
chasseur et de sa femme. Mais, pauvres eux-mêmes,
ils n'ont pu secourir notre misère.

BENNO.

Je ne puis entendre votre récit sans en être ému.
(A part.) Dieu de bonté ! quelle joie est réservée à
ces deux époux lorsqu'ils se retrouveront ! Ils se
croient morts réciproquement, et tous deux se re-
verront ici-bas. *(A Mathilde.)* Votre persécuteur m'est
connu, il a reçu la juste punition de ses crimes, dans
un duel où il a trouvé la mort. Quant à votre époux,
je doute qu'il soit mort. La nouvelle de son trépas
n'était peut-être qu'une ruse du barbare Grimmo.

MATHILDE.

Mais l'anneau nuptial?... Je l'ai bien reconnu.

BENNO.

Noble dame, votre âme candide ne sait pas, je le
vois, jusqu'où peut aller la méchanceté des hommes.
La ruse était le partage de vos ennemis. Ils avaient
des espions dans toute votre armée. Grimmo a donc
pu se procurer la bague par quelque artifice, ce
qui ne voudrait pas dire que votre mari soit mort.

MATHILDE.

Mon vénérable père! de quel doux espoir vous
flattez mon cœur! La seule idée que mon Albert vit
encore, la simple possibilité même me rend une vie
nouvelle. *(Elle se lève)*. La mort a frappé mon persécuteur, mon époux est peut-être plein de vie. Ah!
sortons de ces montagnes, cherchons-le dans tout
l'univers !

BENNO, *à part*

Je la trouve plus disposée que je ne pensais à re-
cevoir la nouvelle que je venais lui annoncer. Allons
encore un peu plus loin. *(A Mathilde)*. Vous eûtes
pour époux, m'avez-vous dit, Albert de Montaign. Je

6

connais tous les chevaliers qui ont péri dans cette funeste guerre; mais Albert n'est pas au nombre des morts. Bien plus, le château de Montaigu, brûlé, saccagé par l'ennemi, s'est relevé de ses ruines. J'ai traversé dernièrement le pays, et j'ai vu le donjon élever jusqu'aux nues sa flèche orgueilleuse. Il s'est accompli de nos jours plus d'un événement aussi miraculeux que celui-là. Vous-même, n'avez-vous point passé pour morte? pourtant vous vivez encore, ce qui est arrivé une fois peut se renouveler.

MATHILDE.

Vénérable père! vous en savez plus que vous n'en dites. Parlez, parlez! mon cœur me dit qu'Albert vit encore. Ne craignez pas que je succombe à l'excès de ma joie. Je n'ai jamais pu croire à sa mort; il n'a jamais cessé d'exister pour moi. Dans ma dernière maladie, il était, après Dieu et après ma fille, mon unique pensée. Je regardais notre réunion comme très-prochaine, je me disais tous les jours : aujourd'hui, demain au plus tard, tu le reverras. Si je le voyais maintenant, le vœu le plus ardent de mon cœur serait réalisé, et rien de plus Parlez donc, je vous en prie, ne me cachez rien. *(Elle lui prend la main et le regarde fixement).* N'est-ce pas, mon Albert vit encore?

BENNO.

Noble dame! je ne puis résister plus longtemps,

mon émotion d'ailleurs me trahirait. Eh bien ! oui, il vit, et vous le reverrez aujourd'hui-même

MATHILDE , *tombant à genoux.*

Dieu de bonté ! Dieu de miséricorde ! ma prière est parvenue jusqu'à toi, tu m'as exaucée. Reçois, ah ! reçois mes actions de grâces ! Père de la veuve et de l'orphelin, tu as été pour nous un puissant protecteur, et tu es venu à notre secours, lorsque nous nous croyions entièrement délaissées.

BENNO.

C'est ainsi que le jour remplace la nuit, et que la clarté dissipe les ténèbres

SCÈNE III

AGNÈS, LA BERGÈRE, Les Précédents.

MATHILDE, *se relevant.*

Agnès, Agnès ! réjouis-toi ! Élève tes mains, tes regards, ton cœur vers le ciel, et remercie le Sei-

gneur! Ton père que nous croyons mort, ton père
est plein de vie, et tu l'embrasseras aujourd'hui. Oh
oui! remercie, remercions le Seigneur!

AGNÈS.

Il se pourrait! mon père vivrait encore! Où est-
il? O ma mère! la joie m'empêche presque de parler.
Que je suis contente de voir ton allégresse! Hélas!
depuis tant d'années tu ne faisais que pleurer et
gémir. *(Elle s'agenouille)*. Grâces te soient rendues,
ô mon Dieu, d'avoir rendu la joie à ma mère! je t'ai
souvent invoqué au pied de la croix du rocher, et
tu as exaucé ma prière d'enfant. Non, tant que je
vivrai, je ne saurai t'en remercier assez dignement.
(Elle se relève et sèche ses larmes). C'est étonnant, je
devais sauter de joie, et je pleure comme s'il m'était
arrivé un malheur. Je ne savais pas que la joie pût
nous faire verser des pleurs.

(Benno, prenant le luth d'Agnès, en tire quelques accords).

MATHILDE

Que faites-vous là, mon père? laissez cet instrument, nous allons partir; votre message m'a rendu
la force et la santé, je me sens aussi agile que le
chamois léger. Point de rocher, point de précipice
qui m'arrête. Donnez le luth à ma fille, prenez votre
bâton et votre manteau, et partons au plus vîte.

BENNO.

Permettez-moi de garder encore quelques .nstants ce luth, qui est à mes yeux un objet sacré. Dieu s'en est servi pour amener de bien grandes choses. Apprenez avec un saint recueillement les voies admirables de la divine Providence. Ce matin votre époux m'avait chanté une chanson que vous lui aviez apprise, et que vous seule connaissiez. Une heure après, Agnès en chanta un couplet. Cette circonstance m'a frappé ; le changement de vos noms seul a failli me dérouter ; ce qui nous montre combien il est dangereux de cacher la vérité ; mais n'importe, je vous ai trouvée. Ainsi donc ce luth et le chant d'Agnès réunissent deux époux séparés par un cruel ennemi. Ne déposons point ce luth précieux sans avoir remercié le Tout-Puissant, qui a donné l'harmonie au bois et aux métaux, et qui rétablit l'accord de toutes choses. Entonnons un hymne à la louange de celui qui vous a sauvées par une romance.

Ne vîtes-vous jamais quelque superbe tête
Se courber sous le poids d'un malheur mérité ?
Ne vîtes-vous jamais un brillant jour de fête
Devenir tout à coup pâle d'obscurité ?

La vie est une épreuve . ici—bas rien de stable.
Si le crime parfois prospère sous vos yeux,
Dites sans murmurer : Le ciel est équitable ;
S'il punit un peu tard, il récompense mieux.

6.

Des rayons du soleil la chaleur bienfaisante
Colore, chaque jour, les fruits, riches présents ;
De l'aubépine en fleurs, la robe éblouissante
S'étend sur un buisson, pour enchanter nos sens.

Plus le char de la nuit s'enveloppe de voiles,
Plus la foudre en éclats retentit dans les cieux ;
Plus on aime un reflet de timides étoiles,
Plus l'arc aux sept couleurs émerveille nos yeux.

Quelque soit notre sort, étouffons nos murmures ;
Du plus puissant des rois respectons les décrets :
Nous verrons succéder aux plus vives tortures
L'ineffable bonheur qui ne change jamais.

ACTE V

Même décoration qu'au premier acte. Un arc de triomphe en feuillage, orné de couronnes de fleurs, est à l'entrée de l'ermitage. Les portes de la chapelle, celles de la cellule, les troncs des arbres, tout est pareillement orné de fleurs.

SCÉNE I

ALBERT, FÉLIX, SON ÉCUYER.

(Albert suspend des guirlandes, et son écuyer sème des fleurs et du feuillage devant la cellule de l'ermite. Ils chantent ensemble les couplets suivants) :

> Astre sans déclin, sans aurore
> Source inépuisable d'amour,
> Toi que chaque mortel adore,
> Dès que l'aube sourit au jour ;

Grand Dieu ! tu donnes la pâture
Aux petits oiseaux des vallons ;
Ame de toute la nature,
C'est toi qui bénis nos sillons.

Des fleurs la brillante famille
Révèle tes soins protecteurs ;
La rose, le lys, la jonquille
Rendent plus sensibles nos cœurs.

Entends nos accents, Dieu suprême,
Toi, qui dis et fis l'univers ;
Des globes sont ton diadème,
Et tu pèses sur les enfers.

Qui pourrait n'être pas docile
A la voix qui descend des cieux?
Mortels, une voix non stérile
Est l'encens le plus précieux.

ALBERT.

Cette chanson, chantée au pieux Benno par nos bons paysans, lui causera bien de la joie. Que sa surprise sera grande en voyant tout ceci ! (*Il montre les couronnes de fleurs*). Mais pourquoi tarde-t-il ainsi ? Allons à sa rencontre, Félix.

FÉLIX.

Mon maître, je vous suis.

(Ils s'éloignent).

SCÈNE II

BENNO.

Il s'avance légèrement, le doigt sur la bouche. et regardant
autour de lui).

C'est bien ! il n'est pas ici. (*Il aperçoit les guirlandes de fleurs*). Que vois-je? Ces guirlandes sont-
elles bien pour moi ? Ah ! je comprends ; mes bons
voisins de la vallée se sont rappelé qu'il y a aujour-
d'hui vingt-cinq ans accomplis que je demeure sur
cette montagne. Ils ont voulu fêter ce jour en dé-
corant ainsi mon ermitage. Bonnes gens ! que Dieu
vous le rende ! Mais ces décorations sont disposées
avec un goût, une élégance toute particulière. Albert, j'y reconnais ta main. Tu as voulu me ména-
ger une surprise, je t'en prépare une plus grande
encore. Ces fleurs et ces guirlandes feront l'orne-

ment du plus beau jour de ta vie. Où donc peut être mon cher hôte ? Ah ! je l'aperçois ; il se tient sur le chemin par où j'aurais dû nécessairement revenir.

SCÈNE III

BENNO, AGNÈS.

(Benno fait signe à la jeune fille d'avancer. Elle arrive, son luth à la main).

BENNO, *la prenant par la main.*

Voyons, charmante violette, cache-toi sous cette charmille ; tu y chanteras le couplet de la violette au signal convenu. Te rappelles-tu bien la leçon que je t'ai apprise ?

AGNÈS.

Oui, très-bien, père Benno.

BENNO.

Eh bien! cours te cacher sous le berceau. (*Elle se cache*).

SCÈNE IV

BENNO, ALBERT.

BENNO, *appelant à haute voix*.

Eh! chevalier Albert! venez donc!.. Comme il court! on dirait qu'il a des ailes.

ALBERT.

Enfin, vous voilà, mon père! vous n'êtes donc pas revenu par la route accoutumée?

BENNO.

On a dû vous dire que des affaires pressantes
m'obligeraient de prendre des détours.

ALBERT.

Vous êtes vraiment un hôte extraordinaire. Vous
partez pour une heure ou deux, et je ne vous vois
pas de toute la journée. Il paraît que vous avez à
cœur de me donner comme un avant-goût de la vie
solitaire.

BENNO.

La solitude, mon cher Albert, a des charmes
puissants pour celui qui sait les apprécier. Je lui
dois les plus doux moments de ma vie, ou, pour
mieux dire, je n'ai vécu qu'ici.

ALBERT.

Ah Benno ! ces sombres rochers, ces arbres dont
l'ombre se prolonge dans la vallée, m'ont invité à la
mélancolie. Ce silence profond m'attriste. Tous
mes souvenirs d'amertume, toutes les images du
passé se sont représentées de nouveau à mon âme.
Hélas ! le soleil de mon bonheur a eu un éclat bien
peu durable ! mon printemps s'est évanoui comme

une ombre vaine, et le triste soir de ma vie est arrivé d'un vol précipité. Je reste ici-bas, aussi isolé qu'un pauvre ermite... Tous ceux que j'aimais ne sont plus. Mes amis ont été moissonnés à la guerre, et la cruelle mort ma enlevée mon épouse et ma fille !

(Il essuie une larme).

BENNO.

J'ai peut-être un moyen de vous consoler. (*Bas, après du berceau*). Allons, ma petite, chante.

(Agnès tire quelques accords de son luth).

ALBERT.

O ciel ! quels sons ravissants !

BENNO, *le doigt sur la bouche.*

Chut ! chut ! silence !

(Agnès chante) :

De la pudique violette
Qui n'aime le brillant azur ?
Imitez sa grâce discrète,
Et votre cœur restera pur.
AGNÈS.

7

Symbole de la bienfaisance,
Qui sait, sans bruit, sécher les pleurs ;
L'écho redit : « Dans le silence,
Un doux parfum trahit ses fleurs. »

ALBERT.

Grand Dieu ! que viens-je d'entendre ? la romance de Théolinde, le même air, le même son de voix, avec plus de douceur encore ! Ah ! mon épouse revient-elle du céleste empire pour tarir la source de mes larmes, ou bien les anges daiguent-ils visiter votre humble demeure ? Je vous en supplie, ermite vénérable, faites-moi voir cet être mystérieux qui fait vibrer toutes les cordes de mon âme ?

(Il veut pénétrer dans la charmille).

BENNO

Attendez, chevalier ; vous allez voir un miracle du Tout-Puissant, qui vous ravira plus que l'aspec d'un ange.

(Il fait un signe à la jeune Agnès qui sort de la charmille).

SCÈNE V

AGNÈS, ALBERT, BÉNNO.

BENNO, *tenant Agnès par la main.*

Cette enfant, je l'ai rencontrée aujourd'hui. Elle sortait de la partie la plus inhabitable de nos montagnes.

ALBERT.

Que vois-je? c'est tout son portrait! Oui, telle devait être ma Théolinde dans son enfance. (*Il s'approche d'Agnès.*) Ne tremble pas, mon enfant. Dismoi qui tu es, et qui t'a enseigné cette romance.

AGNÈS.

Je l'ai apprise de la bouche de ma mère et je suis
ta fille.

ALBERT.

Serait-il possible ! Benno, je ne puis le croire.
Vous me trompez ! Dis-moi, ma chère enfant, quel
est ton nom et celui de ta mère ?

AGNÈS.

Je m'appelle Adeline et ma mère Théolinde.

ALBERT.

Dieu du ciel ! Adeline est en effet le nom de ma
fille chérie, Théolinde celui de ma tendre épouse.
Benno ! Benno ! je suis ivre de joie... Mais,
hélas ! ce n'est peut être qu'une vaine illusion. Les
morts, après tant d'années, sortent-ils du tombeau ?

AGNÈS.

Tiens, mon père, prends ce luth ; le reconnais-tu?

ALBERT.

Instrument chéri! oui je te reconnais. La vie d'un ami d'enfance, dont on aurait été séparé depuis longtemps, ne me ferait pas autant de plaisir que toi. Tu es le cadeau que je fis à ma Théolinde, le jour de nos fiançailles. Nos deux noms sont gravés sur le bois: « Albert, Théolinde. » Ma chère Adeline, oui, tu es ma fille ; viens dans mes bras ! Tu étais encore une faible enfant, lorsque la patrie réclama le secours de mon bras; maintenant, comme te voilà grandie et embellie ! Quelle bonheur pour ton père. Mais où est ta mère? Hélas ! je n'ose te le demander. Vit-elle encore? Dis oui, dis moi que te la reverrai.

AGNÈS.

Oui, elle vit encore, et tu la reverras.

ALBERT.

Elle vit! Dieu de bonté, que je te remercie. Où est-elle? Allons, courons la trouver.

AGNÈS.

Le père Benno sait dans quel lieu elle se trouve.

7.

ALBERT.

Parle, parle, bon vieillard ; volons vers elle.

BENNO.

Un moment, chevalier ; pensez-vous la retrouver telle que vous l'avez connue, toute brillante de jeunesse et de beauté ? Hélas ? le chagrin a flétri les roses de son visage. Plutôt que de violer ses serments et sa foi, elle a mieux aimé se réfugier dans ces contrées sauvages où elle a vécu dans les austéri tés de la prière et de la détresse. Vous aurez de la peine à la reconnaître,

BERT.

Qu'importe la beauté du corps, la fraîcheur du visage, charmes éphémères. C'est elle, c'est ma Théolinde que je veux revoir.

BENNO.

Cher Albert ! modère tes transports, qui pourraient devenir funestes à ton épouse dont l'impatience égale la tienne. Elle te croyait mort. Tu lui apparaîtras comme un esprit de l'autre monde. Pourvu qu'elle ne succombe point à l'excès de sa joie !

ALBERT.

Non, non ; c'est trop de retard ! dis-moi vite où il faut aller.

BENNO.

Pour l'amour de Dieu, mon enfant, modère-toi. Un de mes amis est allé la chercher sur un cheval de selle. Elle ne tardera pas à arriver.

AGNÈS.

Mon cher papa ! tu m'oublies donc ?

ALBERT.

Adeline ! mon enfant ! moi, t'oublier ! oh ! non, je t'aime autant que ta mère. Mais je voudrais vous embrasser toutes deux à la fois

AGNÈS.

Un peu de patience. Elle sera ici dans un moment.

7.

ALBERT

Dans un moment! ô jour trois fois heureux.
Chère et noble compagne, toi que j'ai crue morte,
toi, qui as tant souffert pour moi, je vais donc te
revoir! Ah! mon Dieu! je tremble de tout mon
corps. Et elle, que ne doit-elle pas éprouver? Mais
j'entends une musique champêtre. Que signifie
cela? Elle approche de plus en plus.

SCÈNE VI

L'ÉCUYER, LES PRÉCÉDENTS.

L'ÉCUYER.

Je vois sortir des paysans de derrière les rochers.
Une dame, revêtue d'habits de deuil, descend de

cheval et gravit la montagne, appuyée sur le bras
d'une paysanne

ALBERT.

C'est elle! elle arrive! O Théolinde! ô mon
épouse!

Il vole à sa rencontre; Félix le suit).

SCÈNE VII

BENNO, AGNÈS

BENNO, à Agnès qui veut suivre son père.

Reste, ma chère enfant; tu pourrais tomber dans
un précipice. Tes chers parents ne tarderont pas à
venir. Grand Dieu! si, après s'être vus morts de

part et d'autre, on a tant de joie à se revoir ici-bas, quelle ne sera pas notre félicité, lorsque nous nous reverrons tous au ciel! Douce et consolante pensée! tu es un baume qui guérit les blessures que la mort et l'absence peuvent nous faire!

SCENE VIII

LES PRÉCÉDENTS, UNE FOULE DE PAYSANS.

(La musique, qui avait cessé un instant, recommence de nouveau. Les campagnards ont leurs habits de fête. Les enfants, vêtus de blanc et couronnés de fleurs, marchent dans l'ordre suivant : Lisette porte un bouquet noué avec un beau ruban, Rose, une corbeille de fleurs ; Georges, une couronne de chêne ; Thécla un agneau blanc comme la neige et couvert de rubans ; un jeune berger, deux jolies tourterelles dans une cage d'osier. La fermière porte sur sa tête une vaste corbeille, recouverte d'une serviette, tandis que son mari a sous le bras un tonnelet orné de guirlandes de lierre. Ils se rangent tous sur deux files, de manière à laisser de la place pour Albert, Mathilde, Agnès et Benno).

LE PAYSAN.

(Il se découvre, fait signe à la musique de faire silence)

Cher et vénérable père Benno, tous les habitants de la contrée viennent vous présenter leurs hommages à l'occasion de votre jubilé ! Nous vous remercions de tout le bien que vous nous avez fait depuis vingt-cinq ans que vous habitez parmi nous; et, pour vous témoigner notre reconnaissance, nous vous apportons tout ce que nous pouvons vous offrir. Nous ne savons pas tourner un compliment ; si nous ne disons pas de belles paroles, nos cœurs, du moins, sont bons ; vous seriez satisfait, si vous pouviez lire dans le fond de nos âmes ; vous y verriez les souhaits ardents que nous formons pour votre bonheur. Mais nous espérons qu'ils seront exaucés par Celui qui voit toutes choses sur la terr et dans les cieux.

BENNO.

Mes amis, mes bons amis ! que Dieu vous rende au centuple tout le bien que vous me souhaitez ! qu'il bénisse vos cœurs reconnaissants, et vous donne tous les jours des marques de sa bonté divine ! Et vous, cher Matthieu qui vous êtes rendu l'interprète des vœux de tous, prenez ma main en signe de reconnaissance. Restons bons amis, et secourons-nous mutuellement jusqu'à ce que je vous dise le dernier adieu

LE PAYSAN

Vivez encore longtemps, cher Benno !

TOUS.

Vivez longtemps, longtemps encore !

SCÈNE IX

ALBERT, MATHILDE, FÉLIX, LES PRÉCÉDENTS.

AGNÈS, *volant vers ses parents.*

Mon père ! ma mère !

MATHILDE.

Ma chère fille, quel bonheur le Très-Haut nous envoie !

ALBERT.

Que je suis heureux que tu me sois rendue, ma chère fille